AF454832

1909 Juin 10

CARAN D'ACHE

JUIN
1909

CATALOGUE

DE

Dessins, Aquarelles

JOUETS

PAR

CARAN D'ACHE

Tableaux, Dessins, Gravures

PAR DIVERS ARTISTES

MEUBLES ANCIENS

Le tout provenant de l'Atelier CARAN D'ACHE

ET DONT LA VENTE

PAR SUITE DE SON DÉCÈS

AURA LIEU A PARIS

HOTEL DROUOT, SALLE N° 6

Les Jeudi 10 et Vendredi 11 Juin 1909

à 2 heures 1/2

COMMISSAIRE-PRISEUR

Me HENRI BAUDOIN

Successeur de Me PAUL CHEVALLIER

10, rue Grange-Batelière, 10

EXPERTS

MM. GRAAT & MADOULÉ

6, rue Godot-de-Mauroi, 6

PARIS

EXPOSITION PUBLIQUE

Le Mercredi 9 Juin 1909, de 2 heures à 6 heures.

CONDITIONS DE LA VENTE

Elle sera faite au comptant.

Les acquéreurs payeront *dix pour cent* en sus des enchères.

Les tableaux, aquarelles, dessins et jouets, seront vendus, *tous droits de reproductions réservés.*

ORDRE DES VACATIONS

Jeudi 10 Juin 1909

Aquarelles, Silhouettes en papier découpé.	1 à 21
Dessins par Caran d'Ache	51 à 135

Vendredi 11 Juin 1909

Dessins par Caran d'Ache	22 à 50
— —	136 à 168
Jouets	169 à 195
Tableaux, Dessins, Gravures, par divers ; Meubles.	196 à 220

Paris. — Imp. Georges Petit, 12, rue Godot-de-Mauroi. — 19884-09

Atelier Caran d'Ache

AQUARELLES

1 — Les Chiens.

Dessin rehaussé d'aquarelle. Signé à droite.

2 — Hussard de la République.

Dessin rehaussé d'aquarelle. Signé à droite.

3 — Maréchal du premier Empire.

Aquarelle.

4 — Officier de cuirassiers. Premier Empire.

Aquarelle.

5 — L'Orgueil... quand même.

Tommy : *Qu'on trouve donc un autre pays qui en fasse autant pour son simple plaisir.*

Aquarelle. Signée à droite.

6 — Gendarme à cheval.

Dessin rehaussé d'aquarelle.

7 — Boxer.

Aquarelle sur toile.

8 — A la promenade.

Aquarelle.

9 — L'Entrevue de Berlin.

Deux aquarelles. Signées à droite.

10 — Dernière note diplomatique pour rassurer :

« Il est vrai que la Macédoine ressemble à un tonneau de poudre, mais sans danger tant que personne n'y met le feu....

.... Et les voisins sont là, qui font bonne garde. »

Aquarelle. Signée à droite.

11 — Le Salut du sabre.

Aquarelle.

12 — Une Ame neuve.

Aquarelle.

13 — Tournée électorale.

Aquarelle. Signée à droite.

14 — Portrait d'un général.

Copie. Peinture sur toile.

SILHOUETTES

EN

PAPIER DÉCOUPÉ

15 — Cuirassier.

16 — Garde française.

17 — Hussard, premier Empire.

18 — Cavalier à pied.

19 — Chevau-léger bavarois.

20 — Trois silhouettes.

21 — Ferblanterie.

Suite de 20 dessins découpés, montés sur bristol et ayant servi à la publication de l'albun : *Ferblanterie.*

DESSINS

22 — Vedette de dragons.

Dessin à l'encre de Chine.

23 — Cuirassier tenant son cheval.

Dessin à l'encre de Chine.

24 — Cuirassier à cheval.

Dessin à l'encre de Chine.

25 — Le Grand Frédéric.

Dessin à l'encre de Chine.

26 — Dragon tenant son cheval.

Fusain.

27 — Ironie.

L'Ours père : *Quelle leçon mon fils ! L'amour de la paix et de la civilisation représenté par le cosaque de l'Amour.*

Dessin. Signé à droite.

28 — La Revue du Tzar.

Dessin à l'encre de Chine.

29 — Officier de lanciers russes.

Dessin à l'encre de Chine.

30 — L'Accord franco-russe.

Dessin à l'encre de Chine.

31 — Euxis et Phidias.

Deux dessins à l'encre de Chine, dans un même cadre.

32 — Logique.

Dessin à l'encre de Chine. Signé à droite.

33 — Le Rapport à Napoléon.

Dessin à l'encre de Chine.

34 — Cosaques du Don.

Dessin à l'encre de Chine.

35 — Officier de grenadiers à cheval.

Dessin à l'encre de Chine.

36 — Félix Faure avant son départ pour la Russie.

Dessin à l'encre de Chine. Signé à droite.

37 — L'Organisateur.

Dessin à l'encre de Chine. Signé à droite.

38 — Hussard.

Dessin à l'encre de Chine. Signé à droite.

39 — Alphonse XIII et la Ville de Paris.

Dessin à l'encre de Chine. Signé à droite.

40 — La Revue.

Dessin à l'encre de Chine. Signé à droite.

41 — Guerre des Boers. Long-Tom à Lady-smith.

Dessin à l'encre de Chine. Signé à droite.

42 — Le Défilé.

Dessin à l'encre de Chine.

43 — Un ancien ministre de la guerre.

Dessin. Signé à droite.

44 — La Parade.

Dessin à l'encre de Chine.

45 — Dans les jardins de Potsdam.

Dessin à l'encre de Chine.

46 — Cecil Rhodes.

Dessin à l'encre de Chine.

47 — Autrefois et aujourd'hui.

Dessin. Signé à droite.

48 — Aux Courses.

Dessin au lavis.

49 — Route barrée.

Dessin à l'encre de Chine. Signé à droite.

50 — Le Satyre du Bois de Boulogne.

Dessin à la plume. Signé à droite.

51 — Les Énervés au téléphone.

Dessins à l'encre de Chine. Signé dans le 8e dessin.

52 — Discours ministériel.

Dessin à l'encre de Chine.

53 — John Bull au Transvaal.

Dessin à la plume. Signé à droite.

54 — Jeux innocents.

a) — *Encore une fois Monsieur le correspondant, rien de grave ne se passe ici. Simples jeux d'écoliers en récréation! Entendez-vous ces cris allègres?.... Ce sont mes chenapans de gendarmes....*

b) *....qui s'amusent à chercher le Bulgare.....*

Dessin à l'encre de Chine.

55 — En arrière!

Signé au milieu, en bas.

56 — Le Tramway des Champs-Élysées.

Signé à droite.

57 — L'Ingénue.

Dessin à l'encre de Chine.

2

58 — Dolce farniente.

— De tous temps, rue Royale, je rêvais que j'étais lazzarone.

Dessin à l'encre de Chine. Signé à droite.

59 — L'Art d'accommoder les cendres.

Signé à droite.

60 — Ces satanés Boërs.

Dessin à l'encre de Chine. Signé à droite.

61 — L'Entente cordiale.

Dessin aux crayons de couleurs.

62 — Fantassins d'autrefois et d'aujourd'hui.

Dessin au crayon rehaussé d'encre de Chine.

63 — L'Imprenable.

Je m'en f...iche, je suis cuirassé et blindé.

Dessin à l'encre de Chine. Signé à droite.

64 — Il fait le beau.

Dessin au lavis.

65 — L'Ambition.

Le Japonais : *Nous avons enfin le même tailleur, camarade.*

Dessin à l'encre de Chine. Signé à droite.

66 — Le Renseignement.

67 — Marius à la chasse.

Suite de 3 dessins à la plume, dans un même cadre.

Signé dans le 3e dessin.

68 — Le Parapluie de guerre.

Dessin à la plume. Signé à droite.

69 — Les Défenseurs de la République.

Dessin à l'encre de Chine. Signé à droite : *C. d'A*

70 — La « Season » automobile.

Le chauffeur : *C'est bien ici la route des automobiles ?*

L'habitant : *Oh ! oui, mon bon monsieur, c'est bien ici.*

Dessin à l'encre de Chine. Signé à droite.

71 — Châtiments.

a) — *Prince !... Vous avez à choisir entre ma colère...*

b) ... *ou nos produits.*

Dessin à l'encre de Chine. Signé à droite.

72 — Pour devenir bon cavalier.

Dessin à l'encre de Chine. Signé à droite.

73 — Le mot d'ordre... Le mot de ralliement.

a) Hoche : *Honneur.*

b) Pelletan : *Parfaite amitié.*

Dessin à l'encre de Chine. Signé à droite.

74 — Le Chevalier et la Mort.

Dessin au lavis d'encre de Chine.

75 — L'Éléphant et le musicien.

Dessin à la plume. Signé à droite.

76 — Fin de cortège.

— Pour une sale mascarade, c'en était une !

Dessin à l'encre de Chine. Signé à droite.

77 — Ministre de la guerre et réservistes.

Dessin au lavis d'encre de Chine.

78 — Bonaparte en Égypte.

Dessin au crayon.

79 — Son casque pour artilleurs.

3 dessins à l'encre de Chine. Signé.

80 — Divertissements du dimanche.

Dessin au crayon. Signé à droite.

81 — De qui le cake-walk ?

2 dessins à l'encre de Chine.

82 — Les Effets de la chaleur communicative.

2 dessins à l'encre de Chine. Signé à droite.

83 — Au Ministère des Colonies.

Dessin à la plume. Signé à droite.

84 — Gréviculture.

« ....*Et quand vous aurez résisté jusqu'au dernier, je reviendrai mourir de faim au milieu de vous.* »

Dessin au lavis d'encre de Chine. Signé à droite.

85 — A Berlin! à Berlin!

— *Je connais le refrain, mais l'air n'est plus le même.*

Dessin à l'encre de Chine. Signé à droite.

86 — Les Grandes tournées.

a) *L'Aiglon et Cyrano.*

b) *Les Pirates de la Savane et le Corsaire.*

c) *La Grâce de Dieu.*

87 — L'Accord.

a) *Angleterre et Allemagne.*

b) *L'Anglais et l'Allemand.*

Dessin à l'encre de Chine. Signé à droite.

88 — Élections.

— *Aoh, alors ce monsieur Dupont n'est pas un vendu?*

— *Ça n'va pas tarder, v'là l'autre colleur qui arrive.*

Dessin à l'encre de Chine.

89 — Gilets illustres et illustrés.

Dessins au lavis et encre de Chine. Signé à droite.

90 — Portrait en groupe.

Dessin à l'encre de Chine. Signé à droite.

91 — Mobilisation turque.

— *Quel est le moral de vos soldats, colonel?*

— *Excellent, Majesté, des lions à jeun depuis six mois.*

Dessin à l'encre de Chine. Signé à droite.

92 — Le Chien de berger.

Dessin à la plume. Signé en bas.

93 — L'Auberge de demain.

— *Dites-moi, garçon, il ne vous resterait pas une chambre de « l'Auberge d'avant-hier?* »

Dessin à l'encre de Chine. Signé à droite.

94 — Patience, Messieurs... Bientôt le monde s'en ressentira.

Dessin au lavis d'encre de Chine. Signé à droite.

95 — Vive la paix!

-- *La paix, Dieu merçi, ne veut pas encore dire désarmement.*

Dessin à l'encre de Chine.

96 — Le Songe d'une nuit d'été!

Dessin à l'encre de Chine. Signé à droite.

97 — Port de Marseille. Sur le paquebot en panne.

Dessin à l'encre de Chine.

98 — Le Polo. — Le Lawn-tennis. — La Danse.

Maquettes pour la décoration du Pré-Catelan. Dessins au crayon et à l'encre de Chine.

99 — L'Attente.

Dessin à l'encre de Chine.

100 — L'Amateur de drapeaux.

Dessin à l'encre de Chine. Signé à droite : *Caporal Poiré.*

101 — La Reddition des armes par les Boërs.

Dessin à l'encre de Chine. Signé à droite.

102 — La Négresse.

Dessin au lavis et encre de Chine. Signé à droite.

103 — John Bull marchand d'opium.

Dessin à l'encre de Chine. Signé à droite.

104 — La Déclaration.

Dessin au lavis d'encre de Chine.

105 — Les Regrets de John Bull.

Dessin à l'encre de Chine. Signé à droite.

106 — L'Épouvantail de M. Chamberlain.

Dessin à l'encre de Chine. Signé à droite.

107 — Le Correspondant de guerre.

Dessin au crayon.

108 — Les Morts au Transvaal.

Dessin au lavis d'encre de Chine. Signé à droite.

109 — Querelle d'Allemand.

Dessin à l'encre de Chine. Signé à droite.

110 — Le Chèque obsédant.

Dessin à la plume.

111 — La Lorgnette du capitaine.

Dessin au lavis. Signé du monogramme.

112 — Vive la France !

Dessin à l'encre de Chine. Signé à droite.

113 — Départ pour la course.

Dessin à l'encre de Chine. Signé du monogramme.

114 — La Corrida.

Dessin à l'encre de Chine. Signé du monogramme.

115 — Le Médiateur.

Dessin à l'encre de Chine. Signé du monogramme.

116 — Le Renard et les raisins.

Dessin à l'encre de Chine. Signé du monogramme.

117 — Le Vieil acteur.

Dessin à la plume. Signé à gauche.

118 — Nos bons juges.

Dessin à l'encre de Chine. Signé du monogramme, à droite.

119 — L'Allemagne et l'affaire Dreyfus.

Dessin à l'encre de Chine. Signé à droite.

120 — La Copie et l'original.

Dessin à l'encre de Chine. Signé à droite.

121 — L'Empereur de Chine ne refuse pas de donner la main aux étrangers.

Dessin à l'encre de Chine. Signé à droite.

122 — Un mois au grand air.

Dessin à l'encre de Chine. Signé.

123 — Murat.

Dessin à l'encre de Chine.

124 — Le Poids des impôts avant la Révolution et aujourd'hui.

Dessin à l'encre de Chine. Signé à droite.

125 — La Foire de Paris.

Dessin à l'encre de Chine.

126 — Le Tournant de l'alliance.

— *Sans adieu, camarade.*

Dessin à l'encre de Chine. Signé à droite.

127 — Du coup, va falloir numéroter ses oss'!..

Dessin au crayon.

128 — Le Rêve du veneur.

Dessin à l'encre de Chine. Signé.

129 — Guillaume et Bismarck en enfance.

Dessin au crayon. Signé à droite.

130 — L'Arbre de Noël de John Bull.

Dessin à l'encre de Chine. Signé à droite.

131 — Rapport sanitaire au Transvaal.

Dessin à la plume. Signé à droite.

132 — Série de huit portraits au lavis d'encre de Chine, représentant : Combes, Guillaume II, l'Anarchie, Waldeck-Rousseau, général André, l'Agent cycliste, l'Avare et Thérèse.

Le dernier signé.

133 — Chacun son tour.

Dessin au lavis d'encre de Chine. Signé à droite.

134 — *a*) Style ancien.

b) Modern style.

Dessins à la plume. Signé.

135 — Juste retour.

Le Sirdar Kitchener. — *Ils sont trop!*

Dessin à l'encre de Chine. Signé à droite.

136 — Cartes postales.

— *Pauvre Monsieur! Maintenant c'est le courrier d'Allemagne qui le met dans cet état-là!*

Dessin à l'encre de Chine. Signé à droite.

137 — Le Duel à la bretelle.

Suite de dessins à l'encre de Chine montés sur deux feuilles. Signé.

138 — Lit-bateau ou le fâcheux cauchemar d'un chasseur.

Suite de dessins à l'encre de Chine. Signé.

139 — Le Lendemain.

Dessins à l'encre de Chine. Signé à droite.

140 — Échange de dépêches.

a) « *Kitchener, Afrique du Sud. — Réparez désastre, prenez revanche. Signé : John Bull.* »

b) « *John Bull, Londres. — Forcé attendre, Mules nerveuses. Signé Kitchener.* »

Deux dessins à l'encre de Chine. Signé.

141 — Les Frères ennemis. Une trêve.

Dessin à l'encre de Chine. Signé à droite.

142 — La Paix ou la guerre.

Deux dessins à l'encre de Chine. Signé.

143 — Paris-Berlin.

Dessin à l'encre de Chine.

144 — Le nu au Salon.

Suite de trois dessins montés. Signé à droite.

145 — Député sortant en tournée électorale.

Dessin à l'encre de Chine. Signé à droite.

146 — Le Trottoir roulant à l'Exposition.

Suite de quatre dessins à la plume montés sur deux feuilles. Signé.

147 — Tous les trusts sauf le chic.

Dessins à l'encre de Chine montés sur deux feuilles. Signé.

148 — D'autres maladies au théâtre.

Suite de dessins montés sur deux feuilles. Signe.

149 — La Syntaxe simplifiée.

Dessin à la plume. Signé à droite.

150 — Revendication.

Dessin à la plume. Signé.

151 — Le Vieux marcheur.

Suite de dessins montés sur deux feuilles. Signé.

152 — Le Droit aux confetti.

Suite de dessins montés sur deux feuilles. Signé.

153 — Un Nouveau trust.

Suite de dessins sur deux feuilles. Signé à droite.

154 — L'Angoisse.

Suite de dessins montés sur deux feuilles. Signé à droite.

155 — Pot-pourri sur Don Juan.

Deux feuilles de dessins à l'encre de Chine. Signé à droite.

156 — Chez l'usurier.

Dessin à l'encre de Chine. Signé à droite.

157 — Soldat d'autrefois.

Dessin à l'encre de Chine.

158 — Futur ministre.

Dessin au lavis d'encre de Chine. Signé à droite.

159 — Le Dompteur dans l'embarras.

Dessin à l'encre de Chine. Signé à droite.

160 — Félix Faure à la chasse.

Dessin à l'encre de Chine. Signé à droite.

161 — Le Serviteur bien stylé.

Dessin à l'encre de Chine. Signé à droite.

162 — Aux manœuvres.

Dessin à l'encre de Chine. Signé à droite.

163 — Thérèse chez les Grecs.

Dessin à l'encre de Chine. Signé à droite.

164 — Ministre de la guerre et cambrioleur.

Dessin à l'encre de Chine. Signé à droite.

165 — Les Nouvelles sœurs.

Dessin à l'encre de Chine. Signé à droite.

166 — L'Estafette.

Dessin rehaussé. Signé à droite.

167 — Félix Faure chez les mineurs.

Dessin à l'encre de Chine.

168 — Guillaume.

Dessin à l'encre de Chine. Signé à droite.

JOUETS

169 — Le Général Boum.

170 — Le Régiment de Gerolstein.

171 — Détachement de soldats autrichiens.

172 — Le Régiment des Gardes Françaises.

173 — Le Timbalier nègre.

174 — Un lot d'arbres.

Sera divisé.

175 — Le Roi d'Angleterre à la chasse et sa suite.

176 — Le Général André et son cheval.

177 — La Reine Victoria et son fils.

178 — Deux hommes au parapluie.

179 — Un Policier.

180 — Un Policier.

181 — Un Seigneur Louis XIV.

182 — Une Dame Louis XVI.

183 — Un Personnage de la Révolution.

184 — Un Cosaque.

185 — Un Grenadier.

186 — Un Clown.

187 — Une Chanteuse.

188 — Quatre chiens bassets.
Ce lot sera divisé.

189 — Quatre cosaques à cheval.

190 — Un lancier.

191 — Un grenadier.

192 — Un Arabe.

193 — Une amazone.

194 — Douze cavaliers divers.
Sera divisé.

195 — Cinq personnages divers.
Sera divisé.

Tableaux, Gravures, Dessins

PAR DIVERS ARTISTES

LEGRAND & CHAPONNIER

D'après CAZENAVE

196 — L'Amour confiant.

Gravure en couleurs.

D'après DEVOGE

197 — L'Innocence en danger.

Gravure en couleurs.

ÉCOLE FRANÇAISE

198 — Portrait d'homme.

Toile.

ÉCOLE FRANÇAISE

199 — Portrait de femme.

Toile.

INCONNU

200 — Six gravures russes en couleurs.

INCONNU

201 — Officiers de l'armée des Alliés.

Gravure en couleurs.

INCONNU

202 — Château des Tuileries.

Gravure en couleurs.

INCONNU

203 — Le Général Piston.

Gravure en couleurs.

INCONNU

204 — *a*) Madeleine.

b) Le Nouveau-né.

Gouaches.

INCONNU

205 — *a*) Vue de Venise.

b) Naufrage.

Gravures en couleurs.

INCONNU

206 — Vie du soldat français.

Sépia.

KRETZSCHMAR

207 — *a*) Schwerein.

b) Keith.

Gravures à l'eau-forte.

KULLER

208 — Portrait d'homme.

Toile. Signé en haut, à droite.

MICHON

209 — Vue des montagnes de Belleville.

Gravure en couleurs.

SEM

210 — Le Turf.

Album.

SEM

211 — Album, 2me série.

---

212 — Un lot de neuf gravures en couleurs.

213 — Cartons de gravures en noir et en couleurs.

214 — Sous ce numéro seront vendus les objets non catalogués.

MEUBLES

215 — PETITE ARMOIRE Louis XV, à deux portes en bois de placage.

216 — TABLE tric-trac Louis XVI.

217 — GRANDE ARMOIRE, noyer verni, ornée de bronzes.

218 — PETITE TABLE Louis XVI, bois sculpté.

219 — TABLE acajou, Louis XVI.

220 — FAUTEUIL Louis XV, bois peint blanc.

www.ingramcontent.com/pod-product-compliance
Ingram Content Group UK Ltd.
Pitfield, Milton Keynes, MK11 3LW, UK
UKHW021030260726
13994UKWH00005B/2068

9 782329 368207